# 花间物语

美月冷霜 著

## 第四辑

中国财富出版社有限公司

### 图书在版编目（CIP）数据

花间物语 . 第四辑 / 美月冷霜著 . —北京：中国财富出版社有限公司，2022.7

ISBN 978-7-5047-7716-4

Ⅰ. ①花… Ⅱ. ①美… Ⅲ. ①诗集－中国－当代 Ⅳ. ① I227

中国版本图书馆 CIP 数据核字（2022）第 106549 号

| 策划编辑 | 朱亚宁 | 责任编辑 | 孙 勃 | 版权编辑 | 李 洋 |
| --- | --- | --- | --- | --- | --- |
| 责任印制 | 尚立业 | 责任校对 | 张营营 | 责任发行 | 杨恩磊 |

| 出版发行 | 中国财富出版社有限公司 | | |
| --- | --- | --- | --- |
| 社　　址 | 北京市丰台区南四环西路 188 号 5 区 20 楼 | 邮政编码 | 100070 |
| 电　　话 | 010-52227588 转 2098（发行部） | 010-52227588 转 321（总编室） | |
| | 010-52227566（24 小时读者服务） | 010-52227588 转 305（质检部） | |
| 网　　址 | http://www.cfpress.com.cn | 排　版 | 董海召 |
| 经　　销 | 新华书店 | 印　刷 | 番茄云印刷（沧州）有限公司 |
| 书　　号 | ISBN 978-7-5047-7716-4/I・0344 | | |
| 开　　本 | 710mm×1000mm　1/16 | 版　次 | 2022 年 7 月第 1 版 |
| 印　　张 | 39 | 印　次 | 2022 年 7 月第 1 次印刷 |
| 字　　数 | 507 千字 | 定　价 | 98.00 元（全 5 册） |

版权所有・侵权必究・印装差错・负责调换

## 诗人的话

我在花间等你来，让我们一起倾听大自然。
我在花间等你来，说着只有我们自己明白的语言。
我在花间等你来，品味我们灵魂深处最美的浪漫。
诗和远方，且行且伴。时光云轩，阳光灿烂。
让我们拥有花间物语，明媚人生每一天……

阳光雨露洗碧空
樱草盛开香正浓
花摇皓月风呼应
天边可闻思念声

层出不穷迷望眼
春色妆点绿云轩
炮仗花开冲霄汉
美得月亮弯成船

岁月流淌众芳娇
蔓马缨丹妩媚少
独有神韵不可道
美至心头刚刚好

清香浓香郁金香
富贵田里蜂蝶抢
相思花开围屏上
太阳月亮为之忙

# 序言

当世界文明以科学形式出现的时候，文化就成为人类生活方式的总和，并以科技、史学、艺术等形态，展现出自身的品质。文明包括精神文明和物质文明，花卉文化作为精神文明的重要组成部分，正日益受到中国乃至世界各国的高度重视。中国是世界上拥有花卉品种较为丰富的国家，栽培花卉植物的历史悠久，是当今世界上较重要的花卉植物发源地之一。

中国人的生活和花卉植物密不可分，以此形成的文化现象和文化体系，被中国先哲称为中国花文化。中国花文化集语言艺术、文学艺术、美学艺术、表现艺术于一身，已经成为中华文明史上，璀璨夺目的一朵奇葩。孔夫子说："文质彬彬，然后君子。"无论是谁，活得像花，才能活出生活里的"诗"和"远方"。这一点，对于小朋友而言，同样适用。哪个孩子的成长过程中不读书？哪个孩子不爱美的事物？美好的明天应该从读诗开始。

从西周的《诗经》和西汉的《楚辞》中，我们可以看出中国人对花鸟鱼虫的感悟。从此，大自然的生灵有了故事，有了寄托，有了对未来的憧憬。鸟语花香成为这个世界上美好的存在。正是花卉、树木、鸟、兽、鱼、虫持续创造并不断改变着地球上的自然生态环境。利用大自然，保护大自然，维护生物多样性，始终是中国人的生活态度。

本书首次尝试将自然物种和人类文化，结合成一个整体，以微写作和全押韵为基础，创作出行云流水、琅琅上口的小诗，借以表达自然界的天然文化意象，力求用通俗、流畅的语言，渲染、融合、诠释人类与大自然的共有魅力。

谨以此书献给全世界所有热爱中国花文化的人。

# 目录 contents

X

西洋杜鹃 / 2
喜荫花 / 3
细叶水团花 / 4
虾脊兰 / 5
虾子花 / 6
狭叶白蝶兰 / 7
夏蜡梅 / 8
仙客来 / 9
仙羽蔓绿绒 / 10
苋 / 11
香彩雀 / 12
香花槐 / 13
香青兰 / 14
香石竹 / 15
香豌豆 / 16
香雪兰 / 17
香雪球 / 18

向日葵 / 19
小丽花 / 20
杏花 / 21
雄黄兰 / 22
绣球小冠花 / 23
绣球荚蒾 / 24
绣球藤 / 25
须苞石竹 / 26
萱草 / 27
旋覆花 / 28
雪花莲 / 29
雪莲花 / 30
雪松 / 31
勋章菊 / 32
薰衣草 / 33
鸭跖草 / 34
烟火树 / 35

Y

芫花 / 36
燕子花 / 37
洋金花 / 38
射干 / 39
野棉花 / 40
野茉莉 / 41
野蔷薇 / 42
野豌豆 / 43
野迎春 / 44
野芝麻 / 45
一串红 / 46
一品红 / 47
一枝黄花 / 48
银旋花 / 49
银芽柳 / 50
银叶郎德木 / 51
樱草 / 52
樱花 / 53

鹦鹉郁金香 / 54
鹰爪花 / 55
迎春花 / 56
油茶花 / 57
油茶果 / 58
油桐 / 59
榆叶梅 / 60
虞美人 / 61
羽扇豆 / 62
玉蝉花 / 63
玉兰 / 64
玉簪 / 65
郁金 / 66
郁金香 / 67
鸢尾 / 68
鸳鸯茉莉 / 69
圆锥大青 / 70
圆锥石头花 / 71

月季花 / 72
芸薹 / 73

Z

再力花 / 74
针垫花 / 75
珍珠梅 / 76
栀子 / 77
蜘蛛抱蛋 / 78
直立山牵牛 / 79
皱皮木瓜 / 80
朱顶红 / 81
朱槿 / 82
朱缨花 / 83
诸葛菜 / 84
猪牙花 / 85
竹叶兰 / 86
梓 / 87
紫丁香 / 88

| | |
|---|---|
| 紫花地丁 | / 89 |
| 紫花凤梨 | / 90 |
| 紫娇花 | / 91 |
| 紫荆 | / 92 |
| 紫罗兰 | / 93 |
| 紫茉莉 | / 94 |
| 紫苜蓿 | / 95 |
| 紫瓶子花 | / 96 |
| 紫藤 | / 97 |
| 紫菀 | / 98 |
| 紫薇 | / 99 |
| 紫玉兰 | / 100 |
| 紫云英 | / 101 |
| 紫珠 | / 102 |
| 醉蝶花 | / 103 |
| 醉鱼草 | / 104 |

# 七言话百花

# 西洋杜鹃

转眼又到四月天,方知春在伯仲间。
细雨洗得红尘软,花香直落凤凰山。

西洋杜鹃,别名:比利时杜鹃。杜鹃花科,杜鹃花属,常绿灌木。西洋杜鹃在荷兰、比利时育成,温带、亚热带广布,在中国多为盆栽。长日照植物,喜半阴,怕阳光直射。植株小巧精致,枝形美观,叶片细小,碧绿有光泽。花朵鲜艳美丽,色彩极为丰富,四季均可开花,适合布置花境和园林庭院。物语:天下花木,和睦相处。

# 喜荫花

西风相约夏秋前,情丝尽在莲藕端。
喜荫花开有底线,春光切勿看走眼。

　　喜荫花,别名:红铜草、喜荫草。苦苣苔科,喜荫花属,多年生常绿草本。原产于南美洲,喜温暖及湿润环境,喜充足的散射光,忌强光直射,喜疏松、肥沃的土壤。花期春季至秋季。植株低矮,匍匐生长出多个小分枝,深绿色的叶腋间,吐出亮红色的花朵,俏皮可爱。适合做办公桌面小盆栽或者家居吊篮。物语:冰碎玉壶,超然之物。

# 细叶水团花

夏开细叶水团花，愁思裁成万缕纱。
尽管当红有参差，还是入了济世家。

　　细叶水团花，别名：水杨梅、水杨柳。茜草科，水团花属，落叶小灌木。产于中国广东、广西、云南、海南、湖南、浙江等地，朝鲜有分布，多生长于溪流、河边、沙滩等湿润地区。花果期5—12月。枝条柔韧度高，叶对生，薄革质，头状花序，通常单生，略带紫红色的小花球，形如杨梅。全株入药，花球清热解毒。物语：早种晚植，风月深思。

# 虾脊兰

四季随时改容颜，读史通透虾脊兰。
妙不可言入画卷，烟火之气无半点。

　　虾脊兰，别名：九节虫、棕儿羊。兰科，虾脊兰属，陆生兰。产于中国浙江、福建北部、广东北部等地，分布于日本。花期4—5月。植株较为粗壮，叶子深绿色，长而大片。花茎直立，花朵抱茎而生，错落有致，奇特美丽，花蒂紫红色，花朵洁白无瑕。喜欢温暖湿润的环境，可以盆栽或者用于切花，宜家宜室。物语：空谷幽兰，芳香百年。

# 虾子花

风若有意春有福,怀中柔情三千缕。
虾子花开细回顾,朝阳之色也无语。

　　虾子花,别名:虾仔花、虾米草、吴福花。千屈菜科,虾子花属,灌木,高3—5米。产于中国广东、广西、云南,分布于印度、越南等国家。花期春季。枝叶茂密,盛花时满枝颜色鲜红的花朵。萼筒花瓶状,花蕊突出萼外,状如落锅的红虾,故名虾子花。成串悬挂,形态奇特,极具观赏价值。根、花可入药。物语:饱食大餐,无须花钱。

# 狭叶白蝶兰

银河倾倒白鹭花，美得月亮爱云霞。
碧罗玉锦都开挂，也难成为大赢家。

狭叶白蝶兰，别名：狭叶白蝶花、白鹭兰、日本鹭草。兰科，白蝶兰属，多年生肉质草本，高0.18~0.35米。产于中国河南。为美丽至极的地生兰花，因采摘过度而成为罕见植物，被列入《世界自然保护联盟濒危物种红色名录》（IUCN）。狭叶白蝶兰优雅知性，纤细飘逸。果真是销魂不用多，仅须几片雪。物语：如若罕见，必会惊艳。

# 夏蜡梅

云彩喜欢天上水,常借大风空中飞。
烈日之下又相对,不期遇上夏蜡梅。

  夏蜡梅,别名:夏梅、大叶柴、牡丹木。蜡梅科,夏蜡梅属,落叶灌木。主要生长于清凉峰国家级自然保护区。是中国特有的孑遗树种属,浙江省重点野生保护植物,被誉为浙江省植物名片。枝条开展叶片翠绿有光泽,枝头绿叶婆娑梅花含羞绽放,外有粉红晕染如雪花瓣儿,内衬淡黄小花瓣,遮掩着嫩黄花蕊,美极了。物语:清新脱俗,赏心悦目。

# 仙客来

春雨如丝丝缠绵，更迭月亮缺或圆。
仙客来花细细看，笃信也可美上天。

　　仙客来，别名：萝卜海棠、兔耳花、兔子花、一品冠、僧帽花、篝火花、翻瓣莲。报春花科，仙客来属，多年生草本。原产于希腊、叙利亚、黎巴嫩等地。花期从11月份开到翌年5月。花形别致、状似兔子耳朵，趣致可爱。色泽丰富艳丽，多以红色、粉色、紫色、红白相间或复色为主。花朵或叶带有火焰纹和细小褶皱。汁液有小毒。物语：美若胭脂，从不缺席。

# 仙羽蔓绿绒

珍惜信念和时间，连袂接席绿招展。
良辰美景千百万，唯独没有不夜天。

　　仙羽蔓绿绒，别名：小天使喜林芋、仙羽、春羽、奥利多蔓绿绒。天南星科，喜林芋属，多年生常绿草本。原产于巴西，株高0.5~0.9米。叶子油绿，形态漂亮，生机勃勃，绿意盎然，不耐寒，是切花市场的主要配花材料。可以美化环境，净化室内空气，天南星科植物多数有毒汁液，注意不要直接碰触。物语：自然物种，来去随风。

# 苋 (xiàn)

品头论足雁来红，天地万物追逐中。
绿叶并非不珍重，偶尔晒晒花风情。

　　苋，别名：雁来红、后庭花、红苋菜、三色苋、锦西风。苋科，苋属，一年生草本，高0.8~1.5米。原产于印度，分布于亚洲南部、中亚、日本等地。为观叶植物，叶子越嫩色泽越艳丽，花朵极小，唯有把最美丽的颜色置于叶子顶端，吸引蜂蝶前来授粉。其嫩茎叶部分可作为蔬菜食用，有清热解毒的作用。根、果实及全草入药，宜家宜室。物语：紫芝散淡，专美于前。

# 香彩雀

圆月高挂水波中，流云万丈相伴行。
天使花开待风静，等你归来看星星。

香彩雀，别名：蓝天使、水仙女、天使薰衣草、柳叶香彩雀。玄参科，香彩雀属，多年生草本，株高0.3~0.7米。原产于墨西哥和西印度群岛，世界各地广泛栽培。花期6—9月。对高温、潮湿、强光的环境适应性强。叶片条状似柳，花形小巧，成串开放，花色淡雅，花量大，可地栽也可盆栽，宜家宜室。物语：记忆河里，心如赤子。

# 香花槐

快乐放飞五月初,风来催生花槐雨。
极目岸边黄金树,芳香封存有是无?

香花槐,别名:富贵树。豆科,刺槐属,落叶乔木,株高可达10~15米。原产于西班牙皇家园林,中国近年自韩国引进,已经有多地栽培。花期5月、7月。树形美观,叶子油绿色,花朵粉红色或者淡紫色,有浓郁芳香。盛开时花朵呈穗状,大而长,悬垂于枝头,花朵如蝶,栩栩如生。无荚果不结种子。物语:宁静淡泊,简约生活。

# 香青兰

风流刚落月影里,便闻芳香冲天起。
云帆若知秋心意,不将地球分东西。

香青兰,别名:青兰、臭蒿、摩眼子、山薄荷、臭仙欢、野青兰、篮秋花。唇形科,青兰属,一年生草本。分布于中国东北、华北及西北,自亚洲北部至欧洲广布。茎数个,直立或渐升,常带紫色。花冠淡蓝紫色,雅致奇特极其美丽。全株含芳香油。可作为香料作物用于糖果、化妆品。全草可药用。物语:视之不同,皆因野生。

# 香石竹

朴实无华最耐寒，母爱从来大于天。
牵挂之心隔不断，香石竹花在身边。

香石竹，别名：康乃馨、狮头石竹、麝香石竹、大花石竹。石竹科，石竹属，多年生草本。欧亚温带有分布，中国广泛栽培供观赏。花期5—8月，果期8—9月。植株丛生，茎秆直立，形如细竹，叶片碧绿色，瓣片顶缘具不整齐齿，花柱伸出花外。因其花朵色彩丰富，形态多变，成为世界著名四大切花之一。物语：母爱于天，报答无限。

# 香豌豆

群芳意识独到好,这花望着那花小。
层出不穷弯弯绕,距离之美往上瞧。

香豌豆,别名:花豌豆、麝香连理草、麝香豌豆、寒豆花。豆科,山黧豆属,一年生草本,高0.5~2米。原产于意大利,中国各地栽培。花果期6—9月。喜冬暖夏凉,阳光充足,空气潮湿的环境。茎攀缘,多分枝,枝条细长柔软。花朵蝶形,花色极为丰富,花下垂,娇羞带怯,优雅美丽,香味浓郁。植株及种子有毒。物语:同名同姓,各有作用。

# 香雪兰

夜深人静春弄晚,柔情不及香雪兰。
风流若非一日还,怎得绝色落人间。

　　香雪兰,别名:小苍兰、小菖兰、菖蒲兰、洋玉簪、洋晚香玉。鸢尾科,香雪兰属,多年生草本。原产于非洲南部,中国南方各地多露天栽培,北方多盆栽。花期4—5月,果期6—9月。叶子剑形,碧绿色。茎直立,花朵簇生于茎侧,优雅别致。盛开时,火红热烈,花蕊撒金,绚丽娇艳,美不胜收。具香气,花可提取香精。球茎可入药。物语:各负其责,活跃生活。

# 香雪球

新月升起夜微凉,繁星送出阵阵香。
香雪球花大阵仗,请来春风当绣娘。

　　香雪球,别名:庭芥、小白花、喷雪花。十字花科,香雪球属,多年生草本,基部木质化。产于地中海沿岸,中国引进栽培供观赏。花期温室栽培的3—4月,露地栽培的6—7月。植株茁壮,叶子翠绿,花瓣淡紫色或白色。盛开时,数十朵小花,以高洁之姿、出尘之势,抱团而出,优雅美丽。匍匐生长,幽香宜人。物语:花有清香,天无沧桑。

# 向日葵

气定神闲望天长，何劳清风明月养。
向日葵开火星上，乐与太阳捉迷藏。

　　向日葵，别名：葵花、丈菊、向阳花、望日葵、朝阳花、转日莲。菊科，向日葵属，一年生高大草本，高1~3米。原产于北美洲，世界各地广泛栽培。花期7—9月，果期8—9月。观赏型向日葵，花朵小而艳丽，金光灿烂，开放时间长。食用型向日葵花盘硕大，饱满丰腴，孕育种籽。种子含油量高，供食用。花穗供药用。物语：追随阳光，成就梦想。

# 小丽花

山青水绿共春风,光彩照人天促成。
小丽花开情意重,盛放一年四季中。

　　小丽花,别名:小丽菊、小理花。菊科,大丽花属,多年生球根草本。原产于南美、墨西哥和美洲中部,中国广泛栽培。植株不高,健壮,花期长,为优良的地被植物。形态与大理花相似,是大丽花家族的矮生类品种,花色有深红、紫红、粉红、黄、白等多种颜色。花形富于变化,分单瓣与重瓣。可用来布置花坛。物语:花样情结,尽醉山河。

## 杏花

昨日风光今又还,闲枝不绿红云染。
清风听闻春思念,叩门唤出杏花天。

　　杏花。蔷薇科,李属,乔木,树高可达12米。原产于中国。花期3—4月,果期6—7月。花单生,先于叶开放,花蕾初绽开时,花瓣浅粉色或稍带红晕。满树花团锦簇,蜜蜂绕枝飞舞,极为娇艳美丽,常植于山坡和水畔或者种植成林。花可以泡茶,有乌发养颜、护肤祛斑的功效。果实外型美观,酸甜可口。物语:风姿绰约,占尽高洁。

# 雄黄兰

岁月与人添白发,信手送来火星花。
为免宇宙常牵挂,朝开晨阳晚开霞。

　　雄黄兰,别名:火星花、观音兰、射干菖蒲、倒挂金钩、黄大蒜、标竿花。鸢尾科,雄黄兰属,多年生草本,高0.5~1米。原产于非洲南部地区,中国多地栽培观赏。花期7—8月,果期8—10月。喜向阳,性耐寒。每一朵花都是橙红与金黄的组合,两侧对称,悬垂于细长花柄,优雅漂亮。球茎有小毒,可入药。物语:悬垂之美,绝好风水。

# 绣球小冠花

若得风云守平凡,天地静好亿万年。
小冠花色为何变,只因甘苦在心间。

绣球小冠花,别名:小冠花、多变小冠花。豆科,斧荚豆属,多年生草本。原产于欧洲地中海地区,中国引种栽培。花期6—7月,果期8—9月。茎直立粗壮,匍匐生长,枝叶繁茂。小花聚集成花球,色泽艳丽,花冠紫色、淡红色或白色。花叶蛋白质含量很高,为放牧的优质饲料和野菜。花朵味道香甜软糯,可以食用。物语:绿野葱茏,绝非凡境。

# 绣球荚蒾

太空盘点风色彩，绣球溢出花心海。
仰天欣赏春覆盖，却见月光盖地来。

绣球荚蒾，别名：绣球、木绣球、八仙花。五福花科，荚蒾属，落叶或半常绿灌木，高可达4米。原产于中国，分布于日本。花期4月，果期9—10月。植株健壮，生长快速。开花时，枝条招展而柔软，几十朵小白花凝结成雪团儿，高高悬挂于枝头，错落有致。恰似香雪满天乱，风情万种花千片。花可入药，全株有毒。物语：温馨好看，美却两难。

# 绣球藤

春光不落最高峰，雅致爬上绣球藤。
住处飞来三角枫，美媚潇洒半空中。

绣球藤，别名：三角枫、川木通、淮木通、四喜牡丹。毛茛科，铁线莲属，木质藤本。原产于中国，分布于中国台湾、西藏南部、云贵川、两广和福建等地，喜马拉雅山区西部一直到尼泊尔和印度北部也有分布。花期4—6月。枝条粗壮，生命力极强，见土就长。藤条上绿叶繁茂，簇生小花洁白如玉，十分美丽。为传统中药。物语：时空交错，六月见雪。

# 须芭石竹

五彩石竹被光合，时浓时淡欲解脱。
总算争得一声谢，谁知又逢开花节。

须芭石竹，别名：五彩石竹、美国石竹、十样锦。石竹科，石竹属，多年生草本。原产于欧洲，中国各地栽培供观赏。花果期5—10月。耐寒、耐旱，喜欢在光照充足，干燥、通风的凉爽环境中生长。茎秆如竹，挺拔秀丽，叶片嫩绿色，花朵簇生，花瓣紫红色，具白色斑纹。开花时，更是繁花似锦，一片欣欣向荣的景象。物语：月高风清，缤纷前行。

# 萱草

风口袋里装花香，萱草头上点额黄。
晨起支起淘金帐，回收天下太阳光。

萱草，别名：摺叶萱草、黄花菜、忘萱草、野苣菜、鹿葱、金针花。阿福花科，萱草属，多年生草本。原产于中国及周边国家。花果期5—7月。开花期会长出细长绿色的花枝，花蕾金黄细幼，花色橙红柄细长，有百合花一样的开放形状。根近肉质，中下部有纺锤状膨大。本种花早上开放晚上凋谢。根、叶可入药。物语：看准风水，堆金叠翠。

# 旋覆花

云舒云卷起波澜,潮来潮去烟火天。
旋覆花开有底线,厚德载物方长远。

旋覆花,别名:金佛花、金钱花、金沸草、六月菊、猫耳朵。菊科,旋覆花属,多年生草本。广产于中国北部、东北部、中部、东部各地,周边国家也有分布。花期6—10月,果期9—11月。茎单生,叶面长有白色软毛。六月开意正浓,直开得漫山遍野金黄色,惹得到处阳光灿烂,香气四溢。为医书中记载的中药材,用于治疗风寒咳嗽等病症。物语:亮丽底色,前景开阔。

## 雪花莲

寒流舞动开天剪,剪出浓淡白云山。
清风不抵相思乱,春心碎成雪花莲。

雪花莲,别名:小雪钟、铃花水仙、雪滴花、待雪草。石蒜科,雪花莲属,一年生球根。原产于欧洲中南部,冬季2月份就开始盛开于白雪之中,花茎直立,花茎顶端的白色花朵自然下垂,神似钟形。雪地中,雪花莲的小花洁白胜雪,内心点缀绿色花蕊,低头含羞,风姿楚楚,令人心生怜惜。全草入药。物语:玉阶雪滴,无可收拾。

# 雪莲花

寒风无言天悠闲，出尘名字叫雪莲。
开朵花儿就灿烂，美得流水绕青山。

　　雪莲花，别名：雪荷、雪莲、荷莲、天山雪莲、雪荷花。菊科，风毛菊属，多年生草本。产于中国新疆，俄罗斯及哈萨克斯坦有分布，生于海拔2400~3470米的山坡、山谷、石缝、水边、草甸。花果期7—9月。植株强健，无柄叶片，浓密铺张，翠绿色。微绿雪白的花状苞片，轻松内卷，簇拥花蕊，状似含苞待放的莲花。物语：天地物语，源自净土。

# 雪松

耳边响起松涛声，放眼天边云生成。
岁寒三友最从容，拄杖谈笑意境中。

　　雪松，别名：塔松、宝塔松、香柏。松科，雪松属，常绿大乔木。原产于亚洲西部等地区。花期10—11月，球果翌年10月成熟。树干挺拔，叶针形，枝平展开放，树冠尖塔状。中国北方多有栽培，种植成林。是当今世界最著名的庭园观赏树种，适合种植于城市园林街道，可以起到防尘、减噪、杀菌和保护生态环境的作用。物语：风雪寒冷，感悟人生。

# 勋章菊

风吹云动山不移，只因峰高有根基。
本色若是花真谛，勋章菊披乾坤衣。

　　勋章菊，别名：非州太阳花、勋章花。菊科，勋章菊属，多年生草本，株高0.3~0.4米。原产于南非。花期5—10月。植株低矮，叶形丰富，花大色艳，绚丽多彩，造型酷似勋章，故得名。清晨时，花朵迎着太阳绽放，至黄昏日落后自动闭合。盆栽摆放花坛或草坪边缘，十分自然和谐，也可点缀小庭园或窗台观景。物语：风流婉转，日月缠绵。

# 薰衣草

薰衣草香六月时，天地被浸花海里。
风欲解语恐多事，收声当个忍君子。

　　薰衣草，别名：西洋垃圾草、熏衣草、狭叶薰衣草、英国薰衣草。唇形科，薰衣草属，半灌木。原产于地中海沿岸和欧洲各地及大洋洲列岛，规模化种植。花期6—7月。主要用以提炼芳香油或制作花茶。色彩丰富，以白色最为名贵。蓝紫色穗状花，花序颀长秀丽，芳香四溢，绚丽多姿，美轮美奂，可片植观赏。物语：紫韵草地，看见奇迹。

# 鸭跖草

晚春秀色乱人眼，碧蝉花开四月天。
谁家田里无画卷，越美越好越喜欢。

　　鸭跖草，别名：碧竹子、翠蝴蝶、竹叶草、淡竹叶、耳环草、兰姑草。鸭跖草科，鸭跖草属，一年生披散草本。产于中国云南、四川、甘肃以东的南北各省区，越南、朝鲜、日本、俄罗斯远东地区以及北美也有分布。花期8—9月，果期9—10月。两叶如蝉翅，因而又名碧蝉草。嫩叶如竹，可以食用。为医书中记载的中药材。物语：栉风沐雨，踏变而舞。

# 烟火树

中秋弯月渐圆满，烟火树枝星光闪。
千般相思万般念，尽在心花怒放间。

　　烟火树，别名：紫背假马鞭。唇形科，大青属，常绿灌木，株高可达4米。原产于菲律宾热带地区，全球热带地区有引种栽培。花期冬至春，可长达半年。生命力极强，符合生存条件下，四季均可移栽成活。株形优美，盛开时宛如群星闪烁，淡紫色细长花筒，亦似盛放的烟火，姿态优美，极为别致。根可入药。物语：延展漂亮，努力成长。

# 芫花

偶遇春光淡如水，急待好雨微风吹。
芫花盛开天地醉，引得明月夜不归。

芫花，别名：闷头花、泡米花、大米花、闹鱼花、药鱼草、杜芫、石棉皮、黄大戟、南芫花。瑞香科，瑞香属，落叶灌木。产于中国多个地区。花期3—5月，果期6—7月。早春三月份先于叶开花，有粉紫和玫红或粉红色，极为鲜艳美丽。为医书中记载的中药材，具有消炎消肿，润肺清火等多种功效，含有小毒，要慎用。物语：花美于心，业精于勤。

# 燕子花

天外之音随风起,燕子反穿光合衣。
月亮探知花心事,告知今生不分离。

  燕子花,别名:平叶鸢尾、光叶鸢尾。鸢尾科,鸢尾属,多年生草本。产于中国黑龙江、吉林等地,分布于日本、朝鲜和俄罗斯。花期5—6月,果期7—8月。植株丛生,叶子和茎秆翠绿色。花茎直立高挑,开蓝紫色花朵,花形如燕子飞翔,蝴蝶展翅,造型奇特,魅力十足。可种于湖畔、河岸、池边、湿地、浅水处和花坛。物语:幸运到来,开个痛快。

# 洋金花

阔别夏天秋风说,开放白花曼陀罗。
谁料高洁问明月,何故深喉含毒多?

　　洋金花,别名:白曼陀罗、枫茄子、风茄花、喇叭花、闹羊花。茄科,曼陀罗属,一年生直立草木或半灌木状。原产于美洲,分布于热带及亚热带地区,温带地区普遍栽培。花果期3—12月。花朵较大,白色、黄色或浅紫色,向上扩大呈喇叭状。全株有毒,对中枢神经系统的作用明显。花为中药的"洋金花",作麻醉剂。物语:大地开悟,天然物语。

# 射干
## yè gàn

清正之气人欢喜,盛夏迎来花如诗。
月光偶尔也淘气,任由射干绽放急。

  射干,别名:交剪草、野萱花。鸢尾科,射干属,多年生草本。产于中国吉林、辽宁、河北、山西、山东、河南等地。花期7—10月,果期8—11月。植株美感十足,花枝招展,颜色鲜艳,花瓣带有俏丽斑纹。种子圆球形,黑紫色。花盛开时,疏影小红见潇洒,碧绿浪漫透风雅。根状茎可药用,有清热解毒等功效。物语:清空如许,自求多福。

# 野棉花

山谷丛林爱高远,野棉花开夏秋天。
朝阳升高地平线,只为留下春喜欢。

　　野棉花,别名:铁蒿、接骨莲、小白头翁、大星宿草。毛茛科,银莲花属,多年生草本。原产于印度和阿拉伯,分布于湖南、贵州、云南、四川等地。花期7—10月。植株美观大方,叶片背面密被白色短绒毛,花朵单瓣,十分漂亮。民间多挖取野棉花根入药,具有解毒祛湿,止咳止血等功效。有毒性。物语:心之幸福,源于知足。

# 野茉莉

有限脉搏无限春,莫叫喷香消遣人。
不是风流要叫劲,只因天下花如云。

　　野茉莉,别名:木香柴、耳完桃、野白果树、野花培、茉莉苞、齐墩果、山白果。安息香科,安息香属,灌木或小乔木,可高达10米。原产于中国,各地分布广泛。花期4—7月,果期9—11月。枝条招展,叶子碧绿,具有光泽。花朵簇生,花梗细长,花朵精致小巧,洁白优雅无瑕,黄色花蕊,十分美丽。物语:心无旁骛,自我满足。

# 野蔷薇

月下花海无遮拦，哪朵蔷薇不惊天。
浪漫恰似催泪弹，爱美诺言到眼前。

野蔷薇，别名：白残花、白玉棠、刺梅花、小金英。蔷薇科，蔷薇属，攀缘灌木。产于中国，分布于大江南北，日本和朝鲜也有分布。花期4—5月，果期5—7月。喜生于乡间路旁、田边地头、丘陵山坡的杂草丛中。多为白色或粉红色或桃红色花朵，黄色花蕊，清香四溢，为蜜蜂、蝴蝶的最爱。根、花、果均可入药。物语：爱的思念，崇尚浪漫。

# 野豌豆

野豌豆蔓绕天梁，月牙船上留花香。
隔山也有风碰撞，疑是太阳生翅膀。

野豌豆，别名：马豌豆、滇野豌豆、黑荚巢菜。豆科，野豌豆属，多年生草本。原产于中国，分布于朝鲜、日本、俄罗斯，主要生长于中国西北和西南地区，喜欢山坡地头，山脚林缘，路边草丛。人工栽培，可作为蔬菜食用。植株秀美，簇生花朵娇艳美丽，花色漂亮，已成为观赏花卉。叶及花果可药用，有清热解毒、消炎等功效。物语：万事看淡，内心安然。

# 野迎春

天地任由花作主，倾泻而下流金雨。
初春无须人催促，早已备好交响曲。

野迎春，别名：云南黄素馨、金腰带、南迎春、重瓣迎春花。木樨科，素馨属，常绿直立亚灌木。产于中国四川西南部、贵州、云南。花期11月至翌年8月，果期3—5月。生于海拔500~2600米的峡谷、林中。植株茁壮，枝条长而柔软，下垂或攀缘。叶子碧绿色，开鲜黄色小花，阳光下一片金光灿烂，散发出淡淡的香味。全株入药。物语：天然之景，美由心生。

# 野芝麻

何处光照肯单程,野芝麻花正得风。
罢梳不喜人与共,妆毕偏要伴月行。

野芝麻,别名:白麻草、地蚤、野藿香、山麦胡、山苏子。唇形科,野芝麻属,多年生草本。分布于中国东北、华北、华东等地区,俄罗斯、朝鲜及日本也有分布。花期4—6月,果期7—8月。植株健壮直立,长有地下匍匐枝,逸生于田间地头,山坡沟渠,林缘路旁。全身是宝,叶和花可以作蔬菜,全草入药。物语:搅动心湖,落满春雨。

# 一串红

欲言又止一串红,千丝万缕都是情。
天降大任须珍重,繁花落尽满眼空。

　　一串红,别名:墙下红、串串红、爆仗红、炮仔花、撒尔维亚、象牙红、西洋红。唇形科,鼠尾草属,亚灌木状草本。原产于巴西和南美洲,中国引进栽培。花期3—10月。植株强壮直立,叶子碧绿色,花色鲜艳亮丽,黑色种子能自播自生自长,生命力旺盛。盛开时,花朵形成花穗,火红热烈,炫丽夺目。全草入药。物语:托梦日月,向天诉说。

## 一品红

春风弄影寒去远,玉笛吹得柳枝闲。
一品红开叫惊艳,又到欣赏百花天。

一品红,别名:猩猩木、圣诞花、老来娇。大戟科,大戟属,灌木。原产于中美洲,广泛栽培于热带和亚热带,中国绝大部分地区广泛栽培。花果期10月至翌年4月。叶片大而浓绿,朱红色的苞片形状如花瓣,众星捧月似的环绕着小小花朵,堪称最美妙的护花使者。是重要的节庆花卉。茎叶可入药,有消肿的功效。物语:大红大绿,风不嫉妒。

## 一枝黄花

谁说不会有良缘，一枝黄花细挑选。
花红柳绿太空泛，挑个金色迷人眼。

一枝黄花，别名：满山黄、百根草、黄花草、竹叶柴胡、朝天一炷香、六叶七星剑、蛇头黄、土细辛。菊科，一枝黄花属，多年生草本，高0.35~1米。中国南方广泛分布。花果期4—11月。植株直立，美观大方。盛开时，金黄色花朵形成花穗，高挑张扬，十分美丽。为重要中药材，全草入药，有疏风解毒、消肿止痛等功效。物语：生命历练，无须语言。

# 银旋花

年少气盛轻别离,万里无云待归期。
只须一眼就铭记,银旋花情有谁知。

　　银旋花,别名:橄榄叶旋花、山地旋花。旋花科,旋花属,常绿灌木或亚灌木,株高大约半米以上。原产于欧洲地中海沿岸,分布广泛。日开夜合很有特色,盛开时优雅别致仙气满满。养护特点是想看花就要打顶增加分枝,因为每根枝头顶部只盛开一朵银旋花。植株强健、直立,叶子为银绿色,特别漂亮。物语:相思万缕,任由飞舞。

# 银芽柳

天边飞絮滚雪球,相约美翻凌云头。
若非银芽柳枝瘦,花季少女怎皓首。

银芽柳,别名:棉花柳、猫流、蒲柳、银柳。杨柳科,柳属,落叶灌木,高2~3米。原产于日本,中国东北、华北、华东等地有栽培。花期3—4月。植株丛生,枝条绿褐色,微见红晕,春天开花,雌雄异株。花蕾覆盖红色苞片,开后苞片脱落,露出绒毛状白色花穗,闪烁银色丝绒光泽,高雅美丽。主要观赏其带花或芽的枝条。物语:且行且歌,无花可谢。

# 银叶郎德木

天地之间多厚土,深庭广院花事足。
引入银叶郎德木,丰富回味无穷图。

银叶郎德木,别名:巴拿马玫瑰、白背郎德木。茜草科,郎德木属,常绿灌木。原产于巴西、南美洲、墨西哥南部。花期全年。叶片细长如竹,微厚,正面绿色有光泽,背面银白色,美观大方。花冠漏斗状,簇拥盛开形成花团,优雅亮丽。花具绿茶的香气,是良好的蜜源植物。特点是花朵即使枯萎也不肯落于地面。可用其布置花坛。物语:形色可设,神韵难得。

# 樱草

得意高足又如何，冬季遇见风韵多。
樱草花开十一月，开至翌年迎春节。

　　樱草，别名：翠兰草、翠兰花、翠南报春、樱草报春。报春花科，报春花属，多年生草本，可做一两年栽培。产于中国黑龙江、吉林、辽宁和内蒙古东部，分布于日本、朝鲜及俄罗斯。花期5月，果期6月。叶丛碧绿且质地脆嫩，色彩丰富。盛开时，簇生花朵细柄高挑，花冠紫色至淡红色，缤纷绽放，美丽娇艳。物语：缘分已在，温柔以待。

# 樱花

红妆绿衣裹春时,天地独美樱花枝。
最怕风流有四季,惊艳过后不珍惜。

樱花。蔷薇科,李属,乔木。原产于北半球环喜马拉雅山脉地区。花期4月,果期5月。中国有50多个野生樱花品种。树形优美,枝条张扬,叶子椭圆形,上面深绿色,下面淡绿色。簇生花朵分单瓣和重瓣,花柄细长,花色多为白色和粉红色或红白相间。早春盛开时,美如胭脂初匀就,花外有花万花羞。樱花现已成为各大城市的园林树种。物语:烟雨深深,岁月无尘。

# 鹦鹉郁金香

姿态横生至云轩，鹦鹉抢走花语言。
时光如烟任变幻，年年春天开满园。

　　鹦鹉郁金香，百合科，郁金香属，多年生球根草本植物。原产于土耳其，各国广泛栽培。花期3—5月。鹦鹉郁金香由荷兰人于1999年发现，是当今最稀有名贵的品种，因花朵形似鹦鹉的缤纷羽毛而得名。2014年3月24日，紫色的鹦鹉郁金香被命名为"Cathay"，中文名"国泰"。该品种为郁金香中的珍品。物语：仪态万千，绽放璀璨。

# 鹰爪花

流云有影大地暖，破空似见温柔天。
燕子回神定睛看，鹰爪花开到人间。

　　鹰爪花，别名：五爪兰、莺爪。番荔枝科，鹰爪花属，攀缘灌木，高达4米。产于中国浙江、江西、广东等地，印度、越南、泰国等地有栽培或野生。在广东常见山坡、路边、树前、屋后有野生种，长势兴旺。叶子油绿色，花朵淡淡黄色，花瓣形如鹰爪，芳香四溢。小小果实火红色，长得很漂亮。花可提炼芳香油。根可药用。物语：素色香影，别具风情。

# 迎春花

地球村中听攀谈,银河风流又回暖。
迎春掀起花波澜,推云托月上碧天。

　　迎春花,别名:金梅花、四方消、迎春叶、京米平、阳春柳、小黄花、金腰带、清明花、金美莲、迎春藤。木樨科,素馨属,落叶灌木。产于中国,各地广泛栽培。花期6月。植株健壮,枝条细长,叶子翠绿色。金黄色花朵先于叶开放,花蕾玫红色或粉红色。盛开时金黄花瓣内心微见红晕,清香四溢,明艳可人,秀色成群。物语:尽情开放,从不张扬。

# 油茶花

黄昏夕阳若销魂,燕泥蝶粉怎辞春。
油茶花浅香欲尽,风流折服月美人。

　　油茶花,油茶树之花。别名:茶子树、油茶树、白花茶。山茶科,山茶属,小乔木或灌木状。中国长江流域及以南各省区盛行栽培。花期10月至翌年2月,果期翌年9—10月。洁白色花和绯红色果实,壮观美丽。单瓣,洁白如玉天生丽质。金黄色硕大花蕊中,含有一种淡淡的香甜味,可以吸食。种子可榨油供食用。物语:红尘驿站,仙子下凡。

# 油茶果

举目飞雪染青丝，方知时光太着急。
油茶果里有故事，待风说与秋天知。

油茶果，即油茶树的果实，可以榨取优质食用油，被称为东方橄榄油。含有丰富的不饱和脂肪酸、维生素E等物质，能够滋养肌肤，延缓皮肤衰老。也可用于工业，作为润滑油和防锈油使用。茶饼可以提高农田蓄水能力并防治稻田害虫。油茶树开花后，需要历经秋、冬、春、夏、秋五季，果实方可成熟。物语：修行沉淀，大爱无言。

# 油桐

若得飘雪出红尘，眼前何处不是春。
欲开欲合欲花讯，欲远欲近天地新。

油桐，别名：荏桐、桐油树、三年桐、罂子桐、光桐。大戟科，油桐属，落叶乔木，高达10米。产于中国陕西、河南、湖北、广西等地。花期3—4月，果期8—9月。枝条招展，绿叶婆娑，花先于叶或与叶同时开放。簇生花朵洁白如玉，花团锦簇，绚丽多姿。花落时，纷飞如雪，非常浪漫，令人惊艳。根、叶、花、果可入药。物语：温柔以待，随缘而来。

# 榆叶梅

山水景物任风吹,吹出一树榆叶梅。
花不醉人春自醉,许个心愿满天飞。

  榆叶梅,别名:小红桃、榆叶莺枝、榆梅。蔷薇科,桃属,灌木或稀小乔木,高2~3米。产于中国黑龙江、内蒙古、陕西、江苏等地。花期4—5月,果期5—7月。植株秀气,枝条伸展,具多数短小枝。因其叶子碧绿像榆叶,花朵形似梅花,故而得其名。花蕾粉红如胭脂,花朵粉白微红,花团锦簇,绚丽夺目。具观赏价值。物语:艳而不俗,月下解语。

# 虞美人

夕阳返照惜流光,虞美人花情丝长。
秋是沉静春模样,如同月亮追太阳。

  虞美人,别名:锦被花、绸子花、两春花、丽春花、赛牡丹、百般娇。罂粟科,罂粟属,一年生草本。原产于欧洲,中国各地常见栽培。花期3—8月。植株纤秀,花瓣圆形,花朵如绫而有光泽。多作观赏植物,最早盛开于焦土之上,色彩丰富极其美丽。花和全株入药,含有多种生物碱,有镇痛、镇静等功效。物语:半抹嫣红,风情万种。

# 羽扇豆

三月风尽望天愁，根在土中不远游。
鲁冰花名羽扇豆，天地之间一清流。

　　羽扇豆，别名：小花羽扇豆、鲁冰花。豆科，羽扇豆属，一年生草本。原产于地中海沿岸，中国有栽培。花期3—5月，果期4—7月。生于沙质土壤。植株挺拔，长有厚实的绿色叶子，叶状形似单瓣睡莲，覆有绒毛，极具特色。花朵豆蔻状，抱茎而生，由下自上渐次开放，形成花宝塔，极为美丽。花色艳丽多彩，有白、红、蓝等变化。物语：他乡故知，两两相依。

# 玉蝉花

出尘邀约蓝海霞，变成蝴蝶飞进家。
碧波乐园不用大，水中唯美玉蝉花。

　　玉蝉花，别名：花菖蒲、马兰、马莲、虫实、燕子花、紫花鸢尾、东北鸢尾、鸢尾、马蔺子。鸢尾科，鸢尾属，多年生草本。产于中国东北地区，生长于河边湿地或者水甸子。花期6—7月，果期8—9月。植株挺拔，叶子细长翠绿。花茎细高而优雅，花朵别致，风姿绰约，亭亭玉立，特别漂亮，具有较高的园艺价值。根茎可入药。物语：夏日浪漫，美若花仙。

# 玉兰

谁说木兰无长约，凌空又送三分雪。
冰肌玉骨添春色，芬芳留给持节者。

　　玉兰，别名：白玉兰、玉堂春、望春花、应春花。木兰科，玉兰属，落叶乔木。产于中国，各地广泛栽培。花期2—3月或7—9月再开花。先于叶开花，花形美丽，芳香四溢，花瓣基部常带粉红色，花朵皎洁、秀美，宛如玉树琼枝。盛开时满树白云飞扬，绚丽夺目。花瓣丰腴，可食用或用以熏茶。花蕾可入药。物语：名贵花卉，色香味美。

# 玉簪

盛夏吹起万绿风，阳光生成千枝红。
唯有玉簪不冲动，甘心做个白头翁。

　　玉簪，别名：玉春棒、白鹤花、白萼、玉泡花、白玉簪。天门冬科，玉簪属，多年生宿根草本。原产于中国及日本，分布于中国四川、广东等地。花果期8—10月。植株精致玲珑，绿叶有长柄，叶大而具光泽，花单生或2~3朵簇生，洁白胜雪，香气浓郁。花苞色白如玉，状似头簪。全草供药用，亦可供蔬食，须去掉雄蕊。物语：宽和高雅，纯洁无瑕。

# 郁金

浩然正气日月宠,搅得经典也提升。
郁金演绎宇宙梦,频将新意送众生。

郁金,别名:玉金、黄郁、川郁金、姜黄、黄丝郁金、莪术、万结龙。姜科,姜黄属,多年生宿根草本。产于中国东南部至西南部各地区。花期4—6月。美观,叶片大而油绿,入夏后,苞片美如荷花瓣。在广东,夏季经常会有郁金花售卖,芳香浓郁,水养时间很长。膨大块根可作中药材,具行气解郁、止痛等功效。物语:柔胜百花,作用独大。

# 郁金香

热情奔放郁金香,一寸春光一寸长。
美色长在额头上,冷艳直取太平洋。

　　郁金香,别名:洋水仙、旱荷花、郁香、洋荷花。百合科,郁金香属,多年生草本。原产于欧洲,中国各地均有引种栽培。花期4—5月。夏天,郁金香会进入休眠期。全世界有八千多个品种。植株翠绿色,叶片优美耐看。花单朵顶生,大而鲜艳,有橙黄色、白色、淡紫色、洋红色、复色等多个颜色。盛开时绚丽多姿,美艳绝伦。物语:盛开自我,向天而歌。

# 鸢尾

美从天降玉蝴蝶，鸢尾飞来赴花约。
留白不泼丹青墨，只因妙趣横生多。

鸢尾，别名：乌鸢、扁竹花、屋顶鸢尾、蓝蝴蝶、紫蝴蝶、蛤蟆七。鸢尾科，鸢尾属，多年生草本。产于中国山西、浙江、福建、贵州、西藏等地，日本亦有分布。花期4—5月，果期6—8月。植株优雅精致，叶子翠绿色，有蒲柳之质，盛开时花萼花瓣相得益彰，风姿绰约，香气柔和淡雅。根状茎可入药。物语：化繁为简，美成三瓣。

# 鸳鸯茉莉

紫霞初落沉香风,皎月枝头又不同。
辞春几时再上镜,花携秋水待玉成。

鸳鸯茉莉,别名:双色茉莉、二色茉莉、番茉莉。茄科,鸳鸯茉莉属,常绿灌木。原产于南美洲的巴西,热带地区广为栽培,中国广东、深圳等地有栽培。花期4—9月。植株美观,花朵芳香,初开时为淡紫色,逐渐变成淡雪青色,最后变成白色。盛花时至少可以见到两种颜色的花朵同时绽放,故名"鸳鸯茉莉"。物语:晚霞多娇,寓意美好。

# 圆锥大青

眼神热烈夜不眠,圆锥大青美翻天。
轻启朱唇风震撼,花要拥抱绿山峦。

  圆锥大青,别名:龙船花、癫婆花。唇形科,大青属,灌木,高约1米。产于中国福建、广东等地,孟加拉、缅甸、泰国、马来西亚等国也有分布。花果期4月至翌年2月。植株强壮,叶片如同小蒲扇,颜色翠绿。鲜艳小花梗细长,花簇生,相互抱团,直接开成个大大的橙红色花宝塔。花蕊细长飞扬,美艳直击视觉。物语:源自青山,情意深远。

# 圆锥石头花

内心强大满天星,追云逐日倚天成。
曾经穿越周公梦,故尔百搭王者风。

圆锥石头花,别名:锥花丝石竹、圆锥花丝石竹、满天星、锥花霞草、丝石竹。石竹科,石头花属,多年生草本。产于中国新疆北部及西部,生于海拔1100~1500米的地区。花期6—8月,果期8—9月。圆锥状聚伞花序,花小而多,花梗纤细,花瓣匙形。簇生小花朵似繁星点点,因而得名满天星。根、茎可供药用。物语:轻松自在,开阔胸怀。

# 月季花

风携云来剪细雨,剪出一片心水湖。
新月梳理春头绪,方知月季美如初。

　　月季花,别名:月月红、月月花、长春花、四季花、胜春、斗雪红、绸春花、珠墨双、勒泡。蔷薇科,蔷薇属,直立灌木。原产于中国,现世界各地已经广泛栽培。植株健壮,枝条张扬,叶子碧绿色。被称为花中皇后,四季开花色彩丰富。盛开时凌云红透翡玉白,风姿绰约仙子来。花、根、叶均可入药。物语:自然高贵,熠熠生辉。

# 芸薹

云峰极目笔架山,斜阳清照天高远。
寻常美景寻常看,花海无人知深浅。

　　芸薹,别名:芸苔、油菜。十字花科,芸苔属,二年生草本,高0.9米。原产于欧洲,中国陕西、江苏等地有栽培。花期3—4月,果期5月。植株健壮,直立丛生。通常多大面积种植,形成金黄色花海,浓郁香味随风飘荡。为主要油料作物之一,油供食用。嫩茎叶和花序梗作蔬菜。种子可药用,有散结消肿等功效。物语:花香芬芳,散金开放。

# 再力花

月影入水风周旋,浪花荡得波儿浅。
缠绵不怕天瞧见,再力花开蜂鸟前。

　　再力花,别名:水竹芋、水莲蕉、塔利亚。竹芋科,水竹芋属,多年生挺水草本。原产于墨西哥及美国东南部地区,是一种优秀的温室花卉,现各国已经引进。植株紧凑,高大挺拔,翠绿色的叶子形似蕉叶。天然花穗风姿绰约,姿态各异,有的似含苞待放;有的如蜂儿吮蜜;有的恰小蝶欲飞;有的伸长花梗尽显沧桑。物语:清新可人,源于单纯。

# 针垫花

凤凰于飞千百年,针垫花开绝技天。
日月若有新概念,五指山上敲键盘。

  针垫花,别名:针包花、风轮花、银宝树。山龙眼科,针垫花属,多年生直立或匍匐灌木。原产于南非,流通于市场的主要为插花素材。叶片轮生,质地丰腴,美观大方。花形独一无二,花瓣针状,细长柔美微弯成弧形,绯红中透出橙色,盛开时恰似烟花灿烂绽放。象征着无限祝福,寓意生活美好、快乐、幸福。物语:说声需要,快递送到。

# 珍珠梅

依依不舍风撒欢，频频回首云伤感。
珍珠梅花多眷恋，怎没留我到冬天。

　　珍珠梅，别名：高楷子、东北珍珠梅、八本条。蔷薇科，珍珠梅属，灌木，高达2米。产于中国辽宁、吉林、黑龙江、内蒙古。花期7—8月，果期9月。生于海拔250~1500米的山坡疏林中。枝条招展，羽状叶子翠绿色，花苞绿如翡翠，衬托着一簇簇刚刚绽放的白色小花。花蕾白亮如珍珠，花形似梅花，美不胜收。茎皮可入药。物语：碧海叠雪，高洁之色。

# 栀子

落花吹去无踪迹,纵有余香谁人知。
地球敞开春心事,日月对话风不止。

　　栀子,别名:黄栀子、玉荷花、黄珠子、山栀子、白蟾花。茜草科,栀子属,常绿灌木。产于中国河南东南部、安徽南部及西部等地,各地已经广泛栽培。植株美观大方,叶子碧绿,质地厚而有光泽,花朵洁白无瑕,芳香四溢。举目皆花香不如,寻常花开寻常家。可做茶之香料,果可提取栀子黄色素。物语:芳香玉盘,天地喜欢。

# 蜘蛛抱蛋

激情走马心里边,风云几度欲舒展。
山谷深处一叶兰,细品方知有看点。

蜘蛛抱蛋,别名:一叶兰、大叶万年青、竹叶盘、九龙盘、竹节伸筋、盘龙七。百合科,蜘蛛抱蛋属,多年生常绿草本。原产于日本。喜生长于茂密阴湿、土壤肥沃的常绿阔叶林下。叶色浓绿有光泽。花朵贴地开放,形状奇特,外瓣紫色内瓣淡紫色,花形优雅美丽,极为别致。为优良的室内喜阴观叶植物。根茎入药。物语:走过风霜,安然无恙。

# 直立山牵牛

流水浪高风无忧,花美直立山牵牛。
红砖绿瓦不迁就,托举绛紫上云头。

　　直立山牵牛,别名:蓝吊钟、硬枝老鸦嘴、立鹤花。爵床科,山牵牛属,直立灌木,高达2米。原产于热带西部非洲,世界各地广泛栽培。植株健壮,分枝细长,叶子碧绿色,蓝紫色花朵有细梗。盛开时,白色小苞片裹住颜色各异的花筒,花冠管白色,喉黄色,冠檐紫堇色,经常边开边谢,新花陆续盛开。物语:不会隐藏,热衷绽放。

## 皱皮木瓜

早不红妆晚不香,烈焰生在绿浪上。
谁说不是花中王,今日先要当宰相。

皱皮木瓜,别名:贴梗海棠、贴梗木瓜、楙、铁脚梨。蔷薇科,木瓜属,落叶灌木。产于中国陕西、甘肃、四川等地,缅甸亦有分布。花期3—5月,果期9—10月。枝条招展飞扬,花先于叶开放,花瓣猩红色、淡红色或者白色,味芳香。果实球形,黄色或带黄绿色,有稀疏斑点。春季开花时,远远望去绯红一片,颇为壮观。物语:花开无言,风有思念。

# 朱顶红

对接太阳收获光,盛夏正午疏影长。
朱顶红开花漂亮,常盼微风送凉爽。

　　朱顶红,别名:红花莲、华胄兰、百枝莲、葱头花、鹤顶。石蒜科,朱顶红属,多年生草本。原产于巴西,世界各地广泛栽培。花期夏季。植株健壮,叶子翠绿,花后抽出,质地厚实,有光泽。花茎中空,花梗纤细,直立或微见悬垂。花朵大而优雅,各自逆向绽放,大红色或者洋红色。适于盆栽妆点居室,也可作为鲜切花使用。物语:绝代仙子,美得合时。

# 朱槿

洋洋得意状元红,花底深处又春风。
四季寒暑谁与共,身边总有月身影。

朱槿,别名:扶桑、红木槿、桑槿、状元红。锦葵科,木槿属,常绿灌木,高1~3米。分布于中国台湾、福建、广东、广西、四川等地。花期全年。由于花色大多为鲜红色,岭南一带将之俗称为大红花。植株强壮,盛开时花枝招展,花朵大气、火红、热力四射,如美人含笑直面风雨,天生丽质。主供园林观赏。物语:浅匀浓红,淡妆成功。

# 朱缨花

为秋写个不朽天,多加蜂蜜少加盐。
朱缨花开美无限,遇见风流就成全。

朱缨花,别名:红合欢、美洲合欢、红绒球。豆科,朱缨花属,落叶灌木或小乔木。原产于南美洲地区,属于热带花卉,目前在热带和亚热带地区常有栽培。花期8—9月,果期10—11月。喜欢温暖、湿润、光照充足的环境。花瓣为立体花丝形状,深红或粉红色,宛若丝绒绣球,鲜艳夺目,雅致热烈,风格独特。物语:美如丝玉,恰到好处。

# 诸葛菜

世外桃源草木鲜,诸葛菜叫二月兰。
紫花开出美弧线,妆点辽阔绵长天。

　　诸葛菜,别名:二月蓝、紫金菜、菜子花、短梗南芥。十字花科,诸葛菜属,一年生或二年生草本。产于中国辽宁、河北、山东、浙江等地。花期4—5月,果期5—6月。植株丛生,叶子深绿色,茎秆直立,微带紫色。花茎高挑优雅,错落有致,花紫色、浅红色或褪成白色,柔美动人,赏心悦目。嫩茎叶可以食用,种子可榨油。物语:清秀花容,紫韵天成。

# 猪牙花

猪牙花枝任性摇,引得风来雨丝高。
意外之趣天称道,月芽为此笑弯腰。

猪牙花,别名:母猪牙、车前叶、野猪牙、山地瓜、山芋头、山慈姑。百合科,猪牙花属,一年生球根类草本。产于中国吉林南部,日本和朝鲜也有分布。花期4—5月。植株精致、美丽,花茎细高,叶子大而碧绿。花朵粉紫色,六片细长花瓣向上反卷起来,别有风韵。绚丽夺目,美轮美奂,冷艳动人。物语:夜色阑珊,温柔浪漫。

# 竹叶兰

无风最有安全感,推出好看竹叶兰。
行道天使花体验,更新当下审美观。

竹叶兰,别名:旱谷花、禾叶竹叶兰、笔竹、大叶寮习竹。兰科,竹叶兰属,地生草本。产于中国浙江、江西、福建等地,尼泊尔、不丹、印度等地也有分布。花果期主要为9—11月,但1—4月也有。植株相对挺拔,叶子碧绿丰腴。花茎细高直立,花朵大而美丽,颜色白粉玫红相间,如同飞翔初落的蝴蝶,极为雅致。全草可入药。物语:天地喜欢,年年相见。

# 梓 zǐ

人生最长根情节，有根才有好结果。
梓树尝试定风波，又恐高洁不够多。

梓，别名：花楸、水桐、黄花楸。紫葳科，梓属，落叶乔木，成年梓树高15~20米。产于中国长江流域及以北地区，日本也有。花期5—6月，果期8—9月。梓树高大挺拔，树形美观大方，枝叶繁茂。簇生淡黄色或白色钟状花朵，内侧有黄色条纹及紫色斑点，形态别致、美丽。有清香。嫩叶可以食用，叶和树皮可作药用。物语：疏影暗香，渊源流长。

# 紫丁香

紫丁香开风新闻，浓郁思归夜已深。
执掌花事须分寸，美到好处得人心。

紫丁香，别名：扁球丁香、华北紫丁香、紫丁白。木樨科，丁香属，灌木或小乔木，高可达5米。产于中国辽宁、内蒙古西部、河北等地。花期4—5月，果期6—10月。植株健壮，叶子翠绿色。盛开时，几百朵淡紫色或玫红色小花簇拥成团，形成硕大的美丽花穗，枝头花团锦簇，香味浓郁，十分壮观。叶子可入药，嫩叶可代茶。物语：芳香拍肩，安享明天。

# 紫花地丁

风吹田园繁华景，紫花地丁喜逸生。
天生任性不认命，自由绽放绿野中。

紫花地丁，别名：野堇菜、地丁草、箭头草、米布袋、独行虎、羊角子、光瓣堇菜。堇菜科，堇菜属，多年生草本。产于中国多个地区。花果期4月中下旬至9月。植株精致叶子翠绿，早春盛开时，花茎由绿叶中伸出顶端绽放紫色小花，花姿优雅别致，端庄秀气，野趣横生。全草供药用，嫩叶可作野菜食用。物语：百次回眸，等待相遇。

# 紫花凤梨

青砖白缝红门头，思乡之情心中流。
铁兰生来不迁就，花不柔弱名不朽。

　　紫花凤梨，别名：铁兰、紫花铁兰。凤梨科，铁兰属，多年生草本。原产于厄瓜多尔雨林地区。花期春季。叶从茎基部发出，呈莲座状，花苞呈扇状，由近20片明亮的粉红色苞片组成，紫色花瓣从苞片内伸出，好似蝴蝶，有淡淡的香气。因其别致的形态，优美的叶姿，奇特的花序，而具有较高的观赏价值。物语：向阳而生，意志坚定。

# 紫娇花

风云传递天明朗,翻晒孤独不荒唐。
紫娇美成花雕像,就为独占夏之光。

　　紫娇花,别名:洋韭、洋韭菜、蒜味草。石蒜科,紫娇花属。原产于南非。花期春至秋。除花色外,其余特征与韭菜极其相似,有浓郁的韭菜味,常常未见其花先闻其味。盛开时先由绿叶丛中抽出直立花葶,顶端绽放簇状粉紫色花朵。大片粉紫色花海随风而动,十分绚丽夺目。可作蔬菜食用,全草均可入药。物语:风轻云淡,自知冷暖。

# 紫荆

弦外之音风吹弹，心若无念春孤单。
招来紫荆作个伴，向天再借五百年。

紫荆，别名：紫珠、裸枝树、满条红。豆科，紫荆属，落叶灌木。原产于中国，各地广泛分布。花期3—4月，果期8—10月。植株强壮，丛生直立枝条张扬，花先于叶开放。早春三月伊始，枝条先于叶挂出簇生豆冠状小花，粉红或粉紫色。整条枝子都缀满粉雕玉琢的花朵，花团锦绣紫气东来，十分壮观漂亮。物语：缤纷紫锦，迎春风韵。

# 紫罗兰

风携花说价值观,底色撞击共鸣感。
万紫千红无遗憾,回回赢得春天还。

　　紫罗兰,别名:草桂花、草紫罗兰、富贵花、紫罗栏。十字花科,紫罗兰属,二年生或多年生草本。原产于欧洲南部,现世界各地广泛栽培。花期4—5月。植株直立,叶子绿色,茎叶覆有灰色绒毛,花朵簇生于茎秆顶端。盛开时,花朵形态各异,色彩鲜艳夺目,花团锦簇,悠然自得。有淡淡的桂花香味,芬芳馥郁。物语:安静守候,总有尽头。

# 紫茉莉

天下最多是良缘,风花雪月细挑选。
紫茉莉开大满贯,开了北边开南边。

　　紫茉莉,别名:胭脂花、洗澡花、粉豆花、夜繁花、状元花、丁香叶、苦丁香。紫茉莉科,紫茉莉属,一年生草本。原产于热带美洲。花期6—10月,果期8—11月。植株健壮,直立多分枝,叶子翠绿,花朵色彩丰富。盛开时,花朵高脚杯形状,花筒长,簇生于叶片梗部,花团锦簇,鲜艳夺目。根、叶、种子白粉可药用。物语:风轻云岫,来去自由。

# 紫苜蓿

清雅上榜须放眼,散淡不去眉睫前。
紫苜蓿花相对看,精彩开放每一天。

  紫苜蓿,别名:金花菜、光风草、连枝草、紫花苜蓿。豆科,苜蓿属,多年生草本。原产于土耳其及周边国家。花期5—7月,果期6—8月。作为牧草引入中国,栽培历史距今已有2000多年。花朵别致,娇艳美丽,花冠各色,有紫色、淡紫色、紫白相间或者粉紫色。嫩苗和嫩茎叶可食。具有药用功效和生态价值。物语:风落掌心,无迹无痕。

# 紫瓶子花

夏日景色冲天歌,收放自如风激活。
紫瓶子花大气魄,欲做香味征服者。

　　紫瓶子花,别名:夜紫香花。茄科,夜香树属,常绿灌木。分布于美国东海岸、大湖区及加拿大东南部,中国引进栽培。花期7—12月,果熟期翌年4—5月。叶子翠绿,枝条张扬、细密,簇生花朵似小鞭炮。争先恐后悬垂绽放,形态极为优美、漂亮。花朵多在傍晚开放,芳香浓郁。花香有驱蚊的效果,叶子可入药。物语:各出奇谋,巧思有余。

# 紫藤

闲隐夜色找鱼竿,冷月银钩细又弯。
紫藤架下志高远,不钓鱼儿只钓天。

紫藤,别名:藤花菜、黄牵藤、豆藤、藤萝花、棉绞藤。豆科,紫藤属,攀缘灌木。产于中国河北、辽宁、江西、内蒙古等地。植株茁壮,生命力旺盛,攀缘性强,羽状复叶,翠绿色。花朵硕大,盛开时,无数紫色豆蔻状精致花朵形成长花穗,悬垂于花架之下,极为壮观。花可提炼芳香油。鲜花可食用。茎皮、花可入药。物语:天性异常,宏观漂亮。

# 紫菀

独擅其美中秋前，精致只在绿丛间。
柔风软语轻声唤，何故紫菀今无言。

紫菀，别名：青菀、驴耳朵菜、青牛舌头花、夹板菜、山白菜。菊科，紫菀属，多年生草本。产于中国东北、华北、西北地区。花期7—9月，果期8—10月。植株健壮，叶子碧绿色，丛生。盛开时，粉紫色细长花瓣，层层叠叠形成圆圆的丰润花朵，花蕊金黄色，香味浓郁。优雅美丽，清爽别致。根可供药用。物语：为你停留，陪伴左右。

# 紫薇

八月雨过别样景,紫薇花神凝半空。
玉手触枝引冲动,笑声源于树形中。

　　紫薇,别名:痒痒花、痒痒树、紫金花、紫兰花、蚊子花、西洋水杨梅、百日红、无皮树。千屈菜科,紫薇属,落叶灌木或小乔木。原产于亚洲,中国大部分地区有栽培。花期6—9月,果期9—12月。枝繁叶茂,轻轻触碰枝头花叶乱颤,故叫痒痒树。花有淡红色、紫色、白色等多种颜色,十分漂亮。茎、花、叶、根均可入药。物语:枝头鸣凤,月落嫣红。

# 紫玉兰

辛夷木笔顶着天，枝上沉睡紫玉兰。
忽闻细风唤相伴，为春盛开一整年。

　　紫玉兰，别名：辛夷、木笔。木兰科，玉兰属，落叶灌木，高达3米。产于中国福建、湖北等地。花期3—4月，果期8—9月。为中国特有观赏植物，有两千多年的历史，现已经被多个国家引种，并因其花朵美丽而享誉世界，树形美观大方。含苞待放时形态极为别致美丽，盛开后花朵如莲向天开放，气味幽香。树皮、叶、花蕾均可入药。物语：为春添彩，惊艳世界。

# 紫云英

紫云仙境紫云英,开出二月冬风景。
难怪寒霜要冲动,有谁不爱花柔情。

　　紫云英,别名:翘摇、红花草、花草。豆科,黄芪属,二年生草本。产于长江流域各省区,中国各地多栽培。花期2—6月,果期3—7月。植株匍匐地面生长。花茎细高,顶端簇生豆蔻花朵数枚,自然形成白里透紫的美丽小花球。为主要优质蜜源植物,也是重要的绿肥作物和畜牧业饲料。嫩梢亦供蔬食。种子可入药。物语:豆蔻美妆,相得益彰。

# 紫珠

西风无意踏月明,聚散常在浮云中。
今夜风雨不纵横,只因紫珠太长情。

紫珠,别名:珍珠枫、漆大伯、白木姜、大叶鸭鹊饭、爆竹紫。唇形科,紫珠属,灌木,高约2米。产于中国河南、江苏、湖南、广东等地。花期6—7月,果期8—11月。植株强健,叶子碧绿有光泽。抱枝簇生紫色小花,花蕊细长伸展出外,柱头布满淡黄色花粉。果实球形,熟时紫色,秋季满枝挂满一簇簇的紫色珍珠。根或全株入药。物语:极致境界,装满真爱。

# 醉蝶花

洁白叠加映日红，醉蝶花姿一夜成，
不是风流不心动，难舍尽在眼神中。

　　醉蝶花，别名：西洋白花菜、凤蝶草。白花菜科，醉蝶花属，一年生草本，株高1~1.5米。原产于热带美洲。花期初夏，果期夏末秋初。植株直立，叶子翠绿色。粉红色醉蝶花盛开时形成一个丰满的花球，几十朵小花簇拥起舞，轻盈飘逸，非常美观。无数细长花蕊伸出花球之外，特别可爱趣致。全草可药用。物语：花之形状，天地风光。

## 醉鱼草

蝴蝶蜜蜂何处逢，醉鱼草中同旅行。
花香圆了生态梦，美景修复天心情。

醉鱼草，别名：闭鱼花、痒见消、鱼尾草、药鱼子、阳包树、五霸蔷、楼梅草。玄参科，醉鱼草属，灌木。产于中国江苏、安徽、浙江、江西、湖北等地。花期4—10月，果期8月至翌年4月。枝繁叶茂，花朵簇生，形成巨大花穗，色彩丰富，优雅美丽，十分漂亮。全株有小毒，捣碎投入河中能使活鱼麻醉，便于捕捉，因此得名。物语：若有信仰，幸福绵长。

物语集

## 花卉类

### X

| | |
|---|---|
| 西洋杜鹃 | 物语：天下花木，和睦相处。 |
| 喜荫花 | 物语：冰碎玉壶，超然之物。 |
| 细叶水团花 | 物语：早种晚植，风月深思。 |
| 虾脊兰 | 物语：空谷幽兰，芳香百年。 |
| 虾子花 | 物语：饱食大餐，无须花钱。 |
| 狭叶白蝶兰 | 物语：如若罕见，必会惊艳。 |
| 夏蜡梅 | 物语：清新脱俗，赏心悦目。 |
| 仙客来 | 物语：美若胭脂，从不缺席。 |
| 仙羽蔓绿绒 | 物语：自然物种，来去随风。 |
| 苋 | 物语：紫芝散淡，专美于前。 |
| 香彩雀 | 物语：记忆河里，心如赤子。 |
| 香花槐 | 物语：宁静淡泊，简约生活。 |
| 香青兰 | 物语：视之不同，皆因野生。 |
| 香石竹 | 物语：母爱于天，报答无限。 |
| 香豌豆 | 物语：同名同姓，各有作用。 |
| 香雪兰 | 物语：各负其责，活跃生活。 |
| 香雪球 | 物语：花有清香，天无沧桑。 |
| 向日葵 | 物语：追随阳光，成就梦想。 |
| 小丽花 | 物语：花样情结，尽醉山河。 |
| 杏花 | 物语：风姿绰约，占尽高洁。 |
| 雄黄兰 | 物语：悬垂之美，绝好风水。 |
| 绣球小冠花 | 物语：绿野葱茏，绝非凡境。 |
| 绣球荚蒾 | 物语：温馨好看，美却两难。 |
| 绣球藤 | 物语：时空交错，六月见雪。 |
| 须苞石竹 | 物语：月高风清，缤纷前行。 |
| 萱草 | 物语：看准风水，堆金叠翠。 |
| 旋覆花 | 物语：亮丽底色，前景开阔。 |

| | |
|---|---|
| 雪花莲 | 物语：玉阶雪滴，无可收拾。 |
| 雪莲花 | 物语：天地物语，源自净土。 |
| 雪松 | 物语：风雪寒冷，感悟人生。 |
| 勋章菊 | 物语：风流婉转，日月缠绵。 |
| 薰衣草 | 物语：紫韵草地，看见奇迹。 |

## Y

| | |
|---|---|
| 鸭跖草 | 物语：栉风沐雨，踏变而舞。 |
| 烟火树 | 物语：延展漂亮，努力成长。 |
| 芫花 | 物语：花美于心，业精于勤。 |
| 燕子花 | 物语：幸运到来，开个痛快。 |
| 洋金花 | 物语：大地开悟，天然物语。 |
| 射干 | 物语：清空如许，自求多福。 |
| 野棉花 | 物语：心之幸福，源于知足。 |
| 野茉莉 | 物语：心无旁骛，自我满足。 |
| 野蔷薇 | 物语：爱的思念，崇尚浪漫。 |
| 野豌豆 | 物语：万事看淡，内心安然。 |
| 野迎春 | 物语：天然之景，美由心生。 |
| 野芝麻 | 物语：搅动心湖，落满春雨。 |
| 一串红 | 物语：托梦日月，向天诉说。 |
| 一品红 | 物语：大红大绿，风不嫉妒。 |
| 一枝黄花 | 物语：生命历练，无须语言。 |
| 银旋花 | 物语：相思万缕，任由飞舞。 |
| 银芽柳 | 物语：且行且歌，无花可谢。 |
| 银叶郎德木 | 物语：形色可设，神韵难得。 |
| 樱草 | 物语：缘分已在，温柔以待。 |
| 樱花 | 物语：烟雨深深，岁月无尘。 |
| 鹦鹉郁金香 | 物语：仪态万千，绽放璀璨。 |
| 鹰爪花 | 物语：素色香影，别具风情。 |
| 迎春花 | 物语：尽情开放，从不张扬。 |

| | |
|---|---|
| 油茶花 | 物语：红尘驿站，仙子下凡。 |
| 油茶果 | 物语：修行沉淀，大爱无言。 |
| 油桐 | 物语：温柔以待，随缘而来。 |
| 榆叶梅 | 物语：艳而不俗，月下解语。 |
| 虞美人 | 物语：半抹嫣红，风情万种。 |
| 羽扇豆 | 物语：他乡故知，两两相依。 |
| 玉蝉花 | 物语：夏日浪漫，美若花仙。 |
| 玉兰 | 物语：名贵花卉，色香味美。 |
| 玉簪 | 物语：宽和高雅，纯洁无瑕。 |
| 郁金 | 物语：柔胜百花，作用独大。 |
| 郁金香 | 物语：盛开自我，向天而歌。 |
| 鸢尾 | 物语：化繁为简，美成三瓣。 |
| 鸳鸯茉莉 | 物语：晚霞多娇，寓意美好。 |
| 圆锥大青 | 物语：源自青山，情意深远。 |
| 圆锥石头花 | 物语：轻松自在，开阔胸怀。 |
| 月季花 | 物语：自然高贵，熠熠生辉。 |
| 芸薹 | 物语：花香芬芳，散金开放。 |

## Z

| | |
|---|---|
| 再力花 | 物语：清新可人，源于单纯。 |
| 针垫花 | 物语：说声需要，快递送到。 |
| 珍珠梅 | 物语：碧海叠雪，高洁之色。 |
| 栀子 | 物语：芳香玉盘，天地喜欢。 |
| 蜘蛛抱蛋 | 物语：走过风霜，安然无恙。 |
| 直立山牵牛 | 物语：不会隐藏，热衷绽放。 |
| 皱皮木瓜 | 物语：花开无言，风有思念。 |
| 朱顶红 | 物语：绝代仙子，美得合时。 |
| 朱槿 | 物语：浅匀浓红，淡妆成功。 |
| 朱缨花 | 物语：美如丝玉，恰到好处。 |
| 诸葛菜 | 物语：清秀花容，紫韵天成。 |

| | |
|---|---|
| 猪牙花 | 物语：夜色阑珊，温柔浪漫。 |
| 竹叶兰 | 物语：天地喜欢，年年相见。 |
| 梓 | 物语：疏影暗香，渊源流长。 |
| 紫丁香 | 物语：芳香拍肩，安享明天。 |
| 紫花地丁 | 物语：百次回眸，等待相遇。 |
| 紫花凤梨 | 物语：向阳而生，意志坚定。 |
| 紫娇花 | 物语：风轻云淡，自知冷暖。 |
| 紫荆 | 物语：缤纷紫锦，迎春风韵。 |
| 紫罗兰 | 物语：安静守候，总有尽头。 |
| 紫茉莉 | 物语：风轻云岫，来去自由。 |
| 紫苜蓿 | 物语：风落掌心，无迹无痕。 |
| 紫瓶子花 | 物语：各出奇谋，巧思有余。 |
| 紫藤 | 物语：天性异常，宏观漂亮。 |
| 紫菀 | 物语：为你停留，陪伴左右。 |
| 紫薇 | 物语：枝头鸣凤，月落嫣红。 |
| 紫玉兰 | 物语：为春添彩，惊艳世界。 |
| 紫云英 | 物语：豆蔻美妆，相得益彰。 |
| 紫珠 | 物语：极致境界，装满真爱。 |
| 醉蝶花 | 物语：花之形状，天地风光。 |
| 醉鱼草 | 物语：若有信仰，幸福绵长。 |

# 前言

《花鸟物语》《花鸟物语·家用》2022年国家标准发布实施，由中国职业技术教育学会出版发行。作为花鸟类中小学生课外阅读书目，这两套书在五大特点：标准性、权威性、创新性、实用性、艺术性。

第一，标准性。书中各种植物、昆虫国家及公众普通各标准名称。例如：月季花为同种，培花为目桂，其中月季的"花"，描述为词调为花语（多被人为误读成4片）。

第二，权威性。书中所有植物，除《中国植物志》（FRPS）《中国高等植物图鉴》（ISC）和《中国高等植物》（HPC）提供等外，皆以权威植物学标准及分类学依据为准。例如：科不代表三级标准，皆以权威植物学标准，与当代新的标准是不同的。

第三，创新性。书中所有植物均为原创，结合中华传统文化的特点。其文图性、新颖性与中国风、活泼力相结合，中小学生可以在轻松愉快的阅读中学习到语文的中文知识和语言常识。

第四，实用性。针对所有植物的特性特点、章节、文化特点、标点符号"图片+精简释文字"的方法进行文学分析处理，并向读者讲了重点互词句、对生物常见特点或描绘方，对他们的目常生活也有益。

第五，艺术性。本书采用插画写作方式，文字风格清新简约，既兼有古文语之声华，有与目前教科书编纂为一体的同时，既有现代古文之感的义素；形成了大家的文化薰陶，可读：美无素例，美观美养，且具有相当的文化传承作用之等文化。

《花鸟物语》《花鸟物语·家用》四大共篇，文语详情图卷与图片布道等之间装点装饰，遵照相应方法，编辑无色、图文并茂。

年年生花花不谢
迎来蜂蝶舞翩跹
紫娇花浓花香远
炫如美目美如烟

花娇阿娜